# Götterfunke

FSC
www.fsc.org
MIX
Papier aus verantwortungsvollen Quellen
Paper from responsible sources
FSC® C105338

Herstellung und Verlag:
BoD - Books on Demand, Norderstedt
ISBN 978-3-7357-6130-9

„Kommt schon, versucht es doch mal!“ , Sophie war in ihrem Element. In ihrem roten Mantel sah sie entzückend aus, wie Jan fand. Sie drehte sich auf dem Eis, als ob sie dafür geboren wäre. Ab und zu fiel sie hin. Doch sie rappelte sich jedes Mal lachend auf und versuchte, das gerade passierte Missgeschick mit noch mehr Anstrengung in einen Erfolg umzuwandeln.

Jan umarmte Elise und flüsterte ihr zu „Ich glaube so könnte ich alt werden.“. Sie blickte ihn aus unergründlich schwarzen Augen an, verzog die Mundwinkel zu einem Lächeln und erwiderte: „Warte nur bis sie alt genug ist um dich um Geld anzubetteln. Dann werden dir schon von selbst die Haare ergrauen.“ Mit leicht verträumten Blick sah Jan immer noch den Pirouetten nach, die Sophie drehte. Beide wussten in diesem Moment, dass es nie dazu kommen würde.

„Glaubst du sie schafft es?“

Jan erwiderte nichts und beobachtete, wie sich feine Schneeflocken, die der Wind herbeitrug, an ihrem schwarzen Haar sammelten. Kaum gelandet begannen sie auch schon zu schmelzen.

„Earl Grey, zwei Einheiten Zucker. Und diesmal nicht kalt oder lauwarm, sondern verdammt nochmal heiß!“ Der automatische Getränkeaufbereiter, auf dessen schwarz-glänzender Oberfläche sich Jans Gesicht spiegelte gab einen Summton von sich und füllte das Glas mit einer olivgrünen Flüssigkeit. Ein Live Feed übertrug die neuesten Nachrichten. Während Jan zum Badezimmer ging erschien die Nachrichtensprecherin in Lebensgröße vor ihm. Die holografische Projektion folgte ihm auf Schritt und Tritt und berichtete von den letzten Vorkommnissen in den Außenbezirken.

„In der vergangenen Nacht kam es wiederholt zu Auseinandersetzungen zwischen den Ordnungskräften und den Outlaws. Obwohl sich der Schaden in Grenzen hielt gab es Verletzte auf beiden Seiten. Der Generalbevollmächtigte Sunko erklärte noch in der Nacht, dass Zuwiderhandlungen gegen die erst kürzlich verschärften Grenzgesetze entsprechend geahndet werden würden. Ein Sprecher der Outlaws gab zu verstehen, dass man nicht tatenlos zusehen werde, wie sich die Menschheit dem Willen der..." Jan schaltete die Übertragung ab und dachte ans Meer und an den feinen, salzigen Sand den die Wellen herbei trugen, um die Füße sanft zu umspülen.

Nachdem er sich kurz der allmorgendlichen Reinigung ergeben hatte begab er sich wieder in die Küche, nahm seinen Tee und nippte ein, zwei Mal daran, bevor er sich seinem Frühstück widmete.

Verdammte Outlaws, dachte er. Als ob die irgendetwas daran ändern könnten! Ein leises, zischendes Geräusch vertrieb seine Gedanken und holte ihn in die Gegenwart zurück. Die Tür von Sophies Zimmer. Etwa fünf Sekunden später stand sie auch schon in der Küche, rieb sich die Augen und machte sich wortlos daran, ein Käse-Sandwich zu schmieren.

Auf dem Weg zur Arbeit ließ Jan sich die aktuellsten Prognosen auf dem Virt anzeigen. Hinter transparenten, in markanten Farben gehaltenen Verlaufsdiagrammen blitzte der Verkehr auf. Hin und wieder veränderte sich ihr Erscheinungsbild, wenn ein anderer Wagen vorbeirauschte und mehr Licht in den Innenraum fiel. Jan blickte auf den Prioritätsmesser und stellte mit Zufriedenheit fest, dass er trotz der Wichtigtuer noch im Zeitplan lag. Er war erst vor zwei Jahren zu der Firma gewechselt, bei der er jetzt angestellt war.

Es war ein relativ großer Konzern, der sich auf die Entwicklung und Vermarktung zugeschnittener Software spezialisiert hatte. Jan hatte einen Dienstwagen bekommen und die Firma zahlte sogar die Lizenzen für hohe Prioritätslevels. Er vermutete, dass dahinter auch ein Grund steckte. Als Software-Ingenieur hatte er eine gutbezahlte Stelle aber die Kehrseite war, dass er jederzeit auf Abruf stand. Zumindest der automatisch gesteuerte Verkehr konnte dann hier nicht mehr als Ausrede für zu spätes Erscheinen herhalten.

Das Virt verschwand und machte Platz für Elises verschlafenes Gesicht.

„Hey Schatz! Vergiss bitte nicht, dass wir heute Abend ins Institut müssen. Wir treffen uns dann dort. Ok?“

„Hab’s nicht vergessen Liebling.“ , erwiderte er. Elise sah ihn ernst an, öffnete den Mund als wollte sie noch etwas erwidern, schloss ihn dann jedoch wieder als Sophie im Hintergrund erschien.

„Hi, Papa! Mum sagt, wir gehen heute noch weg. Sind da wieder diese komischen Männer? Ich mag die nicht. Könn’ wir nicht einfach ins Kino gehen?“

Jan riss sich zusammen. „Tut mir leid Kleines aber das ist wirklich wichtig, verstehst du? Wenn wir dort fertig sind gehen wir alle gemeinsam in die Pizzeria und du kannst dir dein Lieblings-Eis bestellen, ok?“

Sophie druckste herum und sah zu ihrer Mutter auf, die den Tränen nahe war und ihr Gesicht leicht abwand. „Ohh-kay.“, seufzte sie und senkte den Kopf etwas.

„Alles klar. Gib deiner Mutter einen Kuss von mir und schieb die Unterlippe wieder zurück! Du alte Schmollmaus.“ , er versuchte sich immer noch nichts anmerken zu lassen. Es funktionierte. Sophie musste lachen und die beiden verabschiedeten sich von ihm. Zurück blieb eine virtuelle blaue Fläche, die sich gleich wieder mit Kurven und Zahlen füllte.

Im Büro herrschte Hektik. Die Leute aus der Finanzabteilung waren in heller Aufregung und ein Kollege teilte Jan mit, dass irgendetwas mit den asiatischen Märkten passiert war, konnte ihm aber nichts genaues sagen und verschwand gleich darauf als ihm irgendjemand einen Stapel Tabletts in die Hände drückte.

„Was'n los?" Jan versuchte, sich ein Bild von der Lage zu machen und probierte es bei einem der Buchhalter, der zufällig an ihm vorbei gehetzt kam.

„Scheiße, hast du's noch nicht gehört? Die Chinesen machen dicht! Haben alle Grenzen geschlossen. Da kommt keiner mehr raus oder rein. Der ganze verdammte Markt bricht zusammen und anscheinend wollen die alles an ausländischem Vermögen einfrieren. Verdammte..." Die letzten Worte verstand er nicht mehr, da der Buchhalter weiter den Gang entlang stürzte, wahrscheinlich um irgendeinem der Abteilungsleiter Bericht zu erstatten. Es geht also langsam los, dachte er. Die ganze verdammte Welt dreht durch.

Anfangs gab es eine Welle von Selbstmorden. Die Leute schmissen sich einfach allein oder in Gruppen von der nächsten Brücke oder dem nächstbesten Hochhaus. Größere Paniken blieben zwar aus aber in fast allen Ländern der Erde entstanden zahlreiche Splittergruppen, die ihre Claims absteckten und bestimmte Gebiete einfach als autonome Zonen erklärten. Die Regierungen gingen natürlich dagegen vor, mussten aber schnell einsehen, dass Bürgerkriege auf längere Sicht nicht mit den traditionellen Militärschlägen zu gewinnen waren und so bemühte man sich um Schadensbegrenzung.

Die großen Industrie- und Handelszentren wurden in Festungen umgebaut, Zäune und Mauern wurden errichtet und wo es ging wurde das Ackerland verstaatlicht. Die Rebellengruppen hatten sich bisher nicht zu einer größeren Fraktion zusammengeschlossen. Sie waren größtenteils untereinander zerstritten und verfolgten unterschiedliche Ziele. Das gab den Regierungen der meisten Länder genug Zeit, das zu sichern, was noch zu retten war. Diese Politik ging weitestgehend auf. Wo man sich nicht mehr behaupten konnte zog man alle militärischen Kräfte einfach ab und überließ die Gebiete den neu empor sprießenden Warlords. Den Rest verteidigte man dafür umso energischer und bald ließen die Kämpfe nach. Die Rebellen hatten genügend eigene Probleme und schotteten sich in ihren Gebieten ebenfalls ab.

„Jan! Gut, dass Sie hier sind." Ben, Jans unmittelbarer Vorgesetzter sah übermüdet aus. „Der Boss hat eine Dringlichkeitssitzung für alle Abteilungen einberufen. Wir sind gleich dran.“

Ben und Ja kannten sich noch von der Universität. Er war es gewesen, der Jan von seinem früheren Job abgeworben hatte und so hatte sich ihre Beziehung vertieft.

„Es sieht nicht gut aus. Wahrscheinlich werden wir umstrukturiert.“, keuchte er , während sie sich mit hastigen Schritten dem Konferenzraum näherten.

„Umstrukturiert“ war das Zauberwort, dass die Regierung benutzte um anzudeuten, dass eine Firma gewissermaßen verstaatlicht wurde. Nach dem sich das anfängliche Chaos gelegt hatte begann man, das Wirtschaftssystem den neuen Verhältnissen anzupassen. Die großen Industrienationen blieben zwar formell weitestgehend bestehen aber keiner wusste mehr so recht wie sich die innenpolitischen  Kräfteverhältnisse der anderen Bündnispartner gestalteten, ganz zu schweigen davon, wie man die eigenen neu bewerten sollte. Man einigte sich kurzerhand darauf, den internationalen Handel auf das notwendigste zu beschränken. Wichtige Lebensmittel, Arzneien und bestimmte Industriegüter sowie unverzichtbare Ressourcen wurden über Nacht zu den wichtigsten Handelsgütern und nach dem weltweiten Zusammenbruch der Märkte entstand ein rudimentäres System, dass dem Austausch unverzichtbarer Güter die absolute Priorität einräumte.

Jans Firma war einer der letzten großen Konzerne, die sich bislang noch aus eigenen Kräften über Wasser halten konnten. Aber auch sie würde jetzt ihre Unabhängigkeit verlieren und verstaatlicht werden. Im Prinzip änderte das vorerst nichts. Die gleichen Aufträge würden weiterhin von den selben Teams bearbeitet werden und Jan würde weiterhin den selben Vorgesetzten unterstehen. Irgendwann, wenn die Regierenden sich einigten, würde man jedoch eine andere Verwendung für all die Arbeitskräfte finden. Software-Lösungen würden bald der Vergangenheit angehören, wie nahezu alle anderen Produkte des Dienstleistungsgewerbes auch.

Was soll das ganze Theater noch?, fragte sich Jan, als er der sonoren Stimme seines Abteilungsleiters zuhörte, der den Mitarbeitern des Teams die Einzelheiten über die bevorstehenden Strukturmaßnahmen erläuterte. In nicht einmal zwei Jahren wird das alles hier sowieso nicht mehr existieren. , dachte er bei sich.

Es dachten bei weitem nicht alle Menschen so wie er. Viele gaben sich der Hoffnung hin, dass am Ende doch nicht alles so kommen würde, wie es die Bewahrer der Menschheit übermittelt hatten. Nicht wenige von ihnen vermuteten sogar eine Art Verschwörung und spinnten die wildesten Theorien zusammen.

Das Institut lag im Zentrum der Stadt. Es war fast besser geschützt als der Regierungssitz des Präsidenten selbst und man musste etliche Kontrollpunkte passieren um dahin zu gelangen. Sophie konnte es nicht ausstehen, dass wusste er aber es war ihre einzige Chance, wenigstens sie zu retten. Und irgendwie ahnt sie es auch, ging es ihm durch den Kopf, während sie den nächsten Kontrollpunkt ansteuerten.

**32 Jahre früher**

„Mission Control, wir befinden uns jetzt im Anflug an Unity. Bremsdüsen sind gezündet, alle Systeme arbeiten normal. Geschätzte Andockzeit beträgt fünf Minuten und 24 Sekunden.“ Commander Robert Cabana war sichtlich zufrieden. Auch die anderen Crewmitglieder schienen erleichtert, dass bisher alles nach Plan verlief.

„Hier Mission Control“, funkte es aus den Lautsprechern. „Haben verstanden. Andockzeit bestätigt. Sobald Unity angedockt ist können Sie mit Phase zwei beginnen.“

„Ok Leute, wir haben's fast geschafft. Rick, bleib wachsam, halt das Baby in seiner Waage und mach mir ja keine Kratzer am Lack, hörst du!?“

„Schon klar, Commander.“, entgegnete ihm Frederick Sturckow, der Pilot der Endevour. Er überprüfte noch einmal die Steuerdüsen und die Ausrichtung des Raumschiffes. Dann schaltete er den Andockpiloten ein und lehnte sich leicht in seinen Sitz zurück.

Das Spaceshuttle befand sich nur noch etwa zehn Meter unter dem ersten Modul der Internationalen Weltraumstation und würde nun - von unten kommend - mit seiner Oberseite daran andocken. Nachdem dies geschehen war, würde man den weitaus schwierigeren Part bewältigen müssen. Das Heranholen des zweiten Moduls, der Sarja, um es mit dem ersten, der Unity zu verbinden.

Robert wusste, dass in dieser Phase alles mögliche schief gehen konnte, auch wenn die Mission noch so gut geplant war. Schon das Andockmanöver hatte viele Tücken. Sollten Sie sich der Unity zu schnell nähern, könnte das irreversible Schäden am Shuttle selbst und dem ersten Verbindungsstück der ISS zufolge haben. Im schlimmsten Fall könnte die Umlaufbahn der Unity sogar soweit beeinflusst werden, dass diese nicht mehr von selbst in einen stabilen Orbit zurückkehren könnte und vielleicht sogar kontrolliert zum Absturz gebracht werden müsste.

Aber nach weiteren fünf Minuten war alles überstanden. Mit einem sanften Ruck waren die Andockklammern eingerastet und die beiden Luken miteinander verbunden. Nun war es an der Zeit, die zweite Phase der Mission einzuleiten.

„Ok. Rick, melde Mission Control, dass wir die Klappen jetzt öffnen und den Arm ausfahren werden. Jerry, Nancy, haltet euch bereit. Falls irgendetwas schief geht müsst ihr vielleicht früher als erwartet einen kleinen Spaziergang antreten."

Jerry Ross und Nancy Currie, waren die Nutzlast-Spezialisten an Bord und somit auch zuständig für den 15 Meter langen Roboterarm, der sich im hinteren Teil des Shuttles befand und dessen großer Auftritt nun kurz bevor stand. Neben Ross und Currie waren noch James Newman und der Kosmonaut Sergej Krikalev mit an Bord. Newman war für die Verbindungsmodule zuständig und Krikalev war der Experte für das russische Modul Sarja, dass sie mit der Unity verbinden sollten.

Die Entfaltung des Roboters verlief nahezu ohne Probleme. Einen Tag später erschien die Sarja in ihrem Blickfeld und wurde schließlich mit dem Roboterarm herangeholt, bis es nahe genug am Shuttle war.

„Hoffen wir, dass eure Techniker nicht zu tief ins Wodka-Glas geschaut haben, als diese Metalldose da zusammengeflickt wurde, Sergej.", bemerkte Sturckow scherzhaft und zeigte dabei auf den blassen, metallenen Schatten, der sich vor der vorbeiziehenden Küste Südamerikas abzeichnete.

„Du vergisst dabei, dass wir es waren, die zuerst unsere Zelte im All aufgeschlagen haben, mein amerikanischer Freund!" Sergej blieb gelassen. Er wusste, dass seine Landsleute von den Amerikanern hier im All respektiert und geachtet wurden. Die Russen besaßen bereits fast ein Jahrzehnt an Erfahrung, was den Betrieb und die Aufrechterhaltung einer Weltraumstation anbelangte und ihre Kosmonauten hatten dabei schon einige beinahe tödliche Katastrophen gemeistert. Die Amerikaner schätzten ihren Pragmatismus und ihre Zähigkeit. Die Russen wiederum waren stolz darauf, dem vermeintlich technologisch überlegenem Westen noch das ein oder andere in beibringen zu können, wenn es um die bemannte Raumfahrt ging.

„Schluss jetzt Leute! Macht euch lieber bereit. Wir steigen gleich aus. Sergej, du behältst die Kameras im Auge! Sollte dir irgendetwas komisch vorkommen, sei es an den Verbindungstücken oder der Sarja selbst, will ich, dass du sofort Alarm schlägst. Einen Fehlschlag können wir uns hier nicht leisten." Cabana vergewisserte sich nochmal, dass alle Systeme normal arbeiteten und gab schließlich das Zeichen zum Ausstieg.

Neun Stunden später waren beide Module miteinander verbunden. Etwa vier Tage und drei Weltraumspaziergänge danach hatte man beide Module aktiviert und schließlich betraten Cabana und Krikalev am 10. Dezember 1998 als erste Weltraumbesatzung die noch unfertige ISS.

Es hatte nicht nur symbolische Gründe, dass ein russischer und ein amerikanischer Raumfahrer gemeinsam die ersten Bewohner der internationalen Raumstation sein sollten. Was die anderen Besatzungsmitglieder nicht wussten war, dass man beide kurz vor dem Start einem geheimen Briefing unterzogen hatte. Sowohl Vertreter der amerikanischen Sicherheitsbehörde NSA, sowie der NASA als auch des russischen Geheimdienstes FSB waren dabei zugegen gewesen.

## Das Briefing

Der Direktor des Kennedy Space Flight Centers Roy D. Bridges Jr. leitete das Briefing. Nachdem er die Repräsentanten der Geheimdienste beider Länder kurz vorgestellt hatte übergab er an den Stellvertretenden NSA-Mitarbeiter und verdunkelte den Raum. Ein Projektor wurde angeschaltet und warf weißes Licht auf die große Leinwand, die hinter dem Rednerpult bereits ausgerollt war.

Ein Mann Ende Vierzig, in schwarzem Anzug und weißer Krawatte trat davor. Er trug die langsam ergrauenden Haare kurz und eine Brille mit runden Gläsern. Mit einer Tiefe in der Stimme, die man seinem äußeren Erscheinungsbild nicht unbedingt zugetraut hätte begann er zu sprechen.

“Guten Abend, meine Herren. Mein Name ist Agent Fowler. Ich weiß, dass morgen eine wichtige Mission ansteht und sie ihren Schlaf brauchen werden. Daher will ich mich kurz fassen.”

Er drehte sich halb zur Leinwand und betätigte einen Knopf auf einer kleinen Fernbedienung, die er in der linken Hand hielt. Es erschien das offizielle Logo der Mission, das ein an zwei miteinander verbundenen Modulen angedocktes Shuttle vor dem Hintergrund eines ovalen schwarzen Halbkreises zeigte, der die Erde darstellen sollte.

Der Agent fuhr fort: “Ich möchte Sie darauf hinweisen, dass dieses Treffen inoffiziell und streng geheim ist. Die Informationen die ich Ihnen jetzt zukommen lassen werde sind als absolut vertraulich zu behandeln und dürfen unter keinen Umständen Personen zugänglich gemacht werden, die hier und heute nicht anwesend sind. Das schließt Ihre Crewmitglieder ebenso ein, wie Freunde und Familienangehörige.”

Er hielt kurz inne und blickte nacheinander jeden der beiden Raumfahrer an, so als wollte er sich ihrer Verschwiegenheit versichern. Dann betätigte er erneut den Schalter an seiner Fernbedienung und ein neues Bild erschien auf der Leinwand. Es zeigte eine schematische Darstellung des inneren Sonnensystems, mit den dazugehörigen Planeten und ihren Umlaufbahnen, die als kreisförmige Ellipsen stilisiert, in unterschiedlichen Farben, dargestellt waren.

"Diese Ansicht dürfte Ihnen vertraut sein. Sie wissen natürlich auch, dass es zwischen den Planeten zahlreiche Objekte gibt. Asteroiden, Zwergplaneten und mittlerweile auch jede Menge Satelliten."

Agent Fowler ging zum nächsten Bild über. Es handelte sich um die selbe Darstellung, nur gab es jetzt ein zusätzliches Objekt, mit einer Umlaufbahn, die fast identisch mit der der Erde selbst verlief. Mit einem kleinen Laserpointer umkreiste Agent Fowler einen roten Punkt auf der Leinwand.

"Fast genau vor sieben Jahren entdeckte ein gewisser Jim Scott dieses Objekt im Rahmen des Spacewatch-Projekts am Kitt-Peak-Observatorium. Was diesen roten Punkt hier so interessant macht ist, dass er nahezu die gleichen Bahndaten aufweist wie unser Heimatplanet. Seine Periode beträgt ca. 380 Tage, seine Bahnneigung ist nicht sehr exzentrisch und er befindet sich – und das ist an dieser Stelle wichtig – im erdnahen Orbit."

"Es ist kein Asteroid, nehme ich an", schlussfolgerte Krikalev.

Fowler nickte. "Das ist korrekt. Das Spacewatch Projekt sollte erdnahe Objekte identifizieren und mögliche Kandidaten für weitergehende Beobachtungen ausfindig machen, die eine potenzielle Gefahr für die Erde darstellen könnten. Bei diesem Körper hier handelt es sich jedoch aller Wahrscheinlichkeit nach nicht um einen Asteroiden. Fakt ist, wir wissen nicht, um was es sich dabei genau handelt."

"Konnte man das Objekt nicht mit einem unserer Spionage-Satelliten aufnehmen?", fragte Cabana. Fowler schielte kurz zu seinem russischen Kollegen rüber, um sich sogleich wieder dem Commander zuzuwenden.

“Das haben wir versucht. Als Scott diese Entdeckung machte gingen wir sogar davon aus, dass es sich um ein geheimes, russisches Projekt handelte. Hätte man diesen Körper ein paar Jahre eher gefunden, hätte dieser Fund womöglich sogar zu einer waschechten Krise im Kalten Krieg führen können. Jedenfalls – und um die Sache an dieser Stelle etwas abzukürzen – setzten wir uns mit den Russen in Verbindung und mussten feststellen, dass sie genauso ratlos wie wir waren” Fowler hielt kurz inne und griff sich nachdenklich ans Kinn.

“Ehrlich gesagt weiß ich jedoch nicht, ob mir ein russischer Militärsatellit lieber gewesen wäre aber um auf ihre Frage zu antworten Commander, sowohl unsere Beobachtungssatelliten als auch die der Russen waren bisher nicht in der Lage relevante Informationen über das Objekt zu sammeln. Unsere Satelliten befinden sich in weitaus höheren Umlaufbahnen und sind auf die Beobachtung der Erdoberfläche optimiert. Sie bekommen bestenfalls ein verschwommenes Etwas zu sehen und das war’s dann!”

“So als wollte man eine Mücke auf seinem Arm mit einem Fernglas betrachten”, warf Krikalev ein.

“Genau! Hinzu kommt, dass auch radiologische Messungen, die im Gegensatz zur optischen Beobachtung durchaus möglich waren, keinerlei Ergebnisse lieferten. Und aus diesem Grund sind Sie heute hier meine Herren.” Fowler rief das nächste Bild auf.

Als das Meeting vorbei war begaben sich die beiden Raumfahrer in Krikalevs Quartier. Man hatte ihnen die wesentlichen Fakten genannt, ihnen aber dennoch nicht ersparen können, bis zum Start am nächsten Tag ein zwanzigseitiges Dossier zu studieren, um sicherzustellen, dass die geheime Operation maximalen Erfolg hatte.

Aus den Unterlagen ging hervor, dass man das Objekt bereits zum Zeitpunkt seiner Entdeckung erfolglos einer Radaruntersuchung unterzogen hatte. Es war, als würde der Körper die Radarwellen einfach verschlucken. Interessant waren hingegen die Ergebnisse optischer Observationen von der Erde aus. Das Objekt wies eine hohe Helligkeitsänderung auf. Das musste bedeuten, dass es schnell rotierte. Mit einer Größe von etwa zehn bis fünfzehn Metern im Durchmesser und einer Rotationsperiode von etwa sieben Minuten war die Wahrscheinlichkeit, dass es sich um einen Asteroiden handelte ziemlich gering. Die Fliehkraft hätte alle bisher bekannten Arten von Asteroiden auseinandergerissen. Es lag nahe, dass das Objekt aus einem monolithischen Material bestand, quasi aus einem Guss war.

“Was denken Sie ist dieses Ding?”, hatte Cabana den Agent am Ende des Treffens gefragt.

“Es könnte alles mögliche sein. Ein Brocken vom Mond, ein Asteroid mit besonderer Zusammensetzung, vielleicht sogar ein chinesischer Militärsatellit oder einfach nur Weltraumschrott. Allerdings sind all diese Annahmen nicht sehr wahrscheinlich. Wenn Sie ihre Unterlagen studieren haben werden Sie zu einem ähnlichen Ergebnis kommen und ich hoffe, Sie können dieses Geheimnis für uns Lüften, meine Herren.”

“Er hat Recht.”, meinte Krikalev, nachdem er das Dossier weitestgehend durchgelesen hatte. “Was?!”, fragte ihn Cabana leicht gereizt. Auch wenn die ganze Geschichte aufregend war, fielen ihm fast schon die Augen zu vor lauter Müdigkeit und er musste in weniger als sechs Stunden eine Shuttle-Mission zur ISS kommandieren.

“Dieser Agen, mein ich. Er hatte Recht.”, wiederholte sein russischer Kollege. “Man kann so einiges ausschließen. Für einen Asteroiden rotiert es zu schnell, ein Satellit kommt nicht in Frage, es sei denn, er gehört einer anderen Regierung als unserer oder eurer und gewöhnlicher Weltraumschrott hätte sich nie so lange in solch einer stabilen Umlaufbahn gehalten, geschweige denn diese überhaupt eingenommen. Noch dazu geht aus den Unterlagen hervor, dass es zur Zeit der Entdeckung dieses Dings keine ausgebrannten Raketenstufen gab, die in diesem Orbit hätten gelangen können."

Cabana erwiderte nichts. Stattdessen stand er auf und ging nachdenklich in dem kleinen Zimmer auf und ab. Nach einer Weile fragte er seinen russischen Kollegen: "Was sollen wir machen, wenn das Ding nicht uns oder irgendeiner anderen Nation gehört und dennoch künstlichen Ursprungs ist?"

Krikalev überlegte nicht lange. Er schien fast auf diese Frage gewartet zu haben und grinste schelmisch. "Nun,..", sagte er, "dann sollten wir lieber eine Flasche Wodka zur Begrüßung mit auf die Reise nehmen."

Cabana hatte zwar keine Platzangst, musste sich aber dennoch erst mal an die Enge gewöhnen, die in dem russischen Modul Sarja herrschte. Im Grunde bestand es aus einem schmalen Gang, um den herum alle möglichen Instrumente für diverse Experimente angebracht waren. An der Schnittstelle beider Module war ein großes Bullauge, dass einen hervorragenden Ausblick auf die Erde lieferte.

Nachdem Cabana und Krikalev alle für die Lebensversorgung wichtigen Systeme hochgefahren und getestet hatten halfen sie sich gegenseitig aus den Raumanzügen. Die ganze Zeit über redeten sie kaum ein Wort miteinander. Das lag zum Teil an den Aufgaben, auf die sie sich konzentrieren mussten. Der eigentliche Grund war jedoch die Anspannung die beide befallen hatte. Ihre Gedanken kreisten um das mysteriöse Objekt, das bald in ihrem Sichtfeld auftauchen würde.

Cabana stellte eine Funkverbindung mit der Einsatzzentrale her. Für die Operation hatte man einen eigenen Stab rekrutiert, der im wesentlichen nur aus dem Direktor der NASA selbst, Agent Fowler und einigen vertrauenswürdigen Mitarbeitern bestand. "Wir sind bereit, Mission Control." , gab Cabana durch und sah Krikalev dabei zu, wie dieser sich vor dem Bullauge in Stellung brachte.

“Haben verstanden, Commander. Das Objekt wird in etwa zehn Minuten in Sichtweite kommen.” , sagte der Mitarbeiter am Boden. Die Funksprüche liefen über eine andere Frequenz, als die die zur Kommunikation mit dem Space Shuttle verwendet wurden.

“Alles klar.”, bestätigte Cabana über Funk. “Wie lange wird es sichtbar sein?”

“Sie haben wahrscheinlich weitere zehn Minuten Zeit, um Ihre Aufnahmen zu machen. Danach müssen Sie die nächste Periode abwarten, bevor es wieder sichtbar ist. Aufgrund des Drifts der Station und des Objekts selbst gehen wir davon aus, dass Sie drei bis vier Umläufe haben.” , antwortete ihm der Techniker.

Krikalev schoss indessen die ersten Fotos von der Erdoberfläche. Sie flogen gerade über dem Südatlantischen Ozean und würden bald die Küste Südafrikas erblicken können. Der Himmel war dicht bewölkt aber es gab stellenweise große Flecken, durch die man direkt auf die Meeresoberfläche hinabblicken konnte. Von hier oben sah sie ziemlich ruhig aus. Die Wellen, die über das Wasser strichen verstärkten diesen Eindruck noch, indem sie die dunkelblaue Oberfläche des Ozeans zu glätten schienen. Krikalev wusste, dass diese Wellen in Wirklichkeit einige Meter hoch waren und sich die See alles andere als ruhig verhielt.

Fast hätte er den dunklen Fleck nicht bemerkt, der sich langsam über den Ozean zu schieben begann. Doch Cabana war er nicht entgangen. Er machte ihn darauf aufmerksam und der Russe begann, das Objektiv einzustellen.

Im ersten Moment sah es tatsächlich so aus, als bewege sich ein großer dunkler Schatten über den Ozean. Dann strich dieser Fleck jedoch auch über einige Wolken und spätestens konnte man erkennen, dass es sich nicht um ein Objekt auf der Erdoberfläche handeln konnte.

Das Objekt kam schnell näher und es waren bereits einige Details erkennbar. "Hast du es drauf?", fragte Cabana.

"Da, hab ich.", antwortete ihm Krikalev. "Aber viel ist noch nicht erkennbar. Sieht ein bisschen aus wie ein Vogelkopf." , fand er. Cabana spähte durchs Bullauge. Auch wenn er ohne den Zoom der Kamera auskommen musste konnte er mit bloßem Auge die Form des Objektes ausmachen. Es war mattschwarz und sah aus als hätte man einem Adler den Kopf etwas unterhalb des Halses abgetrennt. Der Kopf, wenn man so wollte, endete in einer Art zugespitztem Ende, das man durchaus als den konkav zugespitzten Schnabel eines Adlers interpretieren konnte. Aber Cabana erkannte noch etwas.

"Krikalev, richte dein Objektiv etwas mehr auf das untere Ende. Sieht aus als wären das Triebwerke."

Einige Minuten später war es im Erdschatten verschwunden. Cabana gab die ersten Eindrücke an die Bodenstation durch und machte sich danach mit der Kamera vertraut. In etwa anderthalb Stunden würden sie das Objekt etwas näher betrachten können. Bis dahin galt es, die Ausrüstung zu checken und der Shuttle Crew einige Aufgaben zuzuteilen, damit diese nichts von all dem mitbekam.

"Commander, wir haben alle Checks abgeschlossen. Das Baby schnurrt wie ein Kätzchen.", ließ ihn Rick vom Shuttle aus wissen. "Irgendne Chance, dass wir uns mal drinnen umsehen können?"

Cabana musste schmunzeln. Natürlich stand das nicht im Missionsplan aber er konnte die Crew verstehen. Tagelang hatten sie nun in dieser Sardinenbüchse verbracht. Nicht dass die vorläufige Station eine bessere Herberge hergegeben hätte aber zumindest stellte sie eine Abwechslung dar.

"Bedaure Rick aber wir sind hier bald fertig und werden uns bald zu euch gesellen. Danach geht's ab nach Hause." Cabana konnte das Knacken in der

Leitung hören. Rick wollte etwas erwidern, ließ es dann jedoch sein und brabbelte stattdessen eine kurze Bestätigung.

Als sich der Adlerkopf, wie die beiden Raumfahrer in der provisorischen ISS das unbekannte Objekt inzwischen nannten, sich wieder näherte saß Cabana am Bullauge. Diesmal befand es sich einige Kilometer näher an dem Modul. Die Oberfläche gab keine neuen Geheimnisse preis. Die gleiche, tief in Schwarz getauchte Form. Ohne darüber nachzudenken zoomte Cabana an die  Strukturen heran, die er als Triebwerke bezeichnet hatte.

“Siehst du das Krikalev?”, er deutete auf die untere Kante des Objektes. “Da, sieht wirklich wie ein Triebwerk aus.”, erwiderte der Russe. “Ich weiß nicht. Es sieht etwas unnatürlich aus für ein Triebwerk. Irgendwie scheint mir das ganze eher ein Verbindungsstück zu sein.” Cabana überreichte dem Russen die Kamera, damit er sich selbst ein Bild davon machen konnte.

“Da, da!”, stimmte Krikalev zu, nachdem er ein paar mal herangezoomt und die ersten Fotos geschossen hatte.

Agent Fowler verließ den Kontrollraum. Nachdem er die letzten Funksprüche von Cabana gehört hatte schienen seine schlimmsten Befürchtungen Realität geworden zu sein. Sobald er in seiner Limousine saß stellte er eine direkte Verbindung zu seinem Vorgesetzten her. “Es scheint tatsächlich ein Verbindungsstück zu sein.”, sprach er in das Satelittentelefon. Am anderen Ende herrschte kurz Schweigen.

“Wann wird das Objekt wieder in der idealen Position sein?”, fragte die Stimme am anderen Ende kurz darauf. “Ich denke in ungefähr fünf Jahren, Sir.” Ein Klicken und das  Gespräch war beendet.

“Was glaubst du ist das?”, fragte Krikalev. Cabana überlegte. “Vielleicht eine verformte Endstufe. Vielleicht auch ein zerstörter Satellit. Eines der NEOs1 hat ihn vielleicht beschädigt. Von hier aus kann man das schlecht beurteilen.

Wir müssen auf die nächste Annäherung warten."

Cabana und Krikalev waren nun schon fast 24 Stunden auf den Beinen aber keiner von beiden hatte große Lust, sich bis zur nächsten Begegnung auszuruhen.

"Nijet! Sieht mir nicht wie Weltraumschrott aus.", meinte Krikalev. "Sieht aus als ob dieses Ding aus einem Guss wäre. Diese Triebwerke ergeben keinen Sinn. Wenn es Teil eines größeren Satelliten war dann muss das Ding ganz schön groß gewesen sein."

"Was denkst du denn was es sein könnte?", fragte ihn Cabana. "Der Russe sah ihn kurz ernst an und grinste dann bis über beide Ohren. "Ein Wodka gefällig?"

Als Agent Fowler wieder im Kontrollraum ankam wurde er bereits von Bridges und dem russischen Kollegen erwartet. Sie überließen die Techniker vorerst sich selbst und betraten einen abhörsicheren Besprechungsraum, der direkt an den Kontrollraum angrenzte.

Der Direktor der NASA begann zu sprechen, nachdem er sich vergewissert hatte, dass der Raum gesichert war.

"Nun, meine Herren. Den Beschreibungen unserer Leute nach handelt es sich offenbar nicht um gewöhnlichen Weltraumschrott. Die üblichen Gesteinsbrocken kann man sicherlich ebenfalls ausschließen. Ich denke es ist also an der Zeit die Fakten auf den Tisch zu legen. Bitte erzählen Sie mir, was Sie über dieses Objekt wissen."

Fowler richtete sich leicht auf. "Direktor Bridges. Sie haben das Dossier gelesen. Es gibt nichts, das ich den darin enthaltenen Ausführungen noch hinzufügen könnte. Und selbst wenn mir darüber hinaus weitergehende Informationen vorliegen würden wäre ich nicht befugt diese mit Ihnen.."

Bridges unterbrach ihn etwas barsch. “Ja, ja, ja Agent Fowler. Ich verstehe. Nur muss ich Sie auf eines hinweisen: Als Leiter dieser Mission unterstehe ich direkt dem Präsidenten und bin darüber hinaus für die Sicherheit unserer Astronauten verantwortlich. Sollte irgendeine Gefahr von diesem Objekt ausgehen, für unsere Raumfahrer oder, Gott behüte, für die Vereinigten Staaten von Amerika, so muss ich unverzüglich darüber in Kenntnis gesetzt werden. Außerdem halte ich es für das beste, wenn Sie und unser russischer Freund Mr. Pavlov hier ihre Geheimnisse miteinander austauschen, da es sich hier offensichtlich um kein Geheimprojekt einer unserer beiden Regierungen handelt.”

Es stellte sich heraus, dass das Dossier, das von den Amerikanern in Zusammenarbeit mit dem russischen Geheimdienst erstellt wurde weitestgehend den Tatsachen entsprach und die Faktenlage im großen und ganzen gut widerspiegelte. Die Verarbeitung sämtlicher Daten und die Interpretationen der bisherigen Erkenntnisse hielten jedoch noch einige Überraschungen bereit. Der Astronom Scott hatte das Objekt erstmals entdeckt und katalogisierte es als 1991VG neben hundert anderen NEOs in einer zentralen Datenbank. Erst einige Jahre später veröffentlichte ein gewisser Duncan Steel ein Paper mit dem Titel “SETA and 1991VG” in einer englischen Fachzeitschrift für Astronomie und brachte damit den Stein ins Rollen.

“Wir dachten zuerst, ihr Amerikaner habt euer SDI-Programm tatsächlich abgeschlossen.”, bemerkte Pavlov mit leicht schmunzelnder Miene. “Doch als wir erfuhren, dass weder ihr, die Briten oder die Franzosen über dieses Ding wirklich Bescheid wussten, verdächtigten wir die Japaner.“

“Wieso nicht die Chinesen?”, fragte ihn Bridges. Beide Geheimdienstagenten sahen sich belustigt an. Schließlich hatte Fowler Erbarmen mit dem Direktor und klärte ihn auf: “Mr. Bridges. Glauben Sie mir. Hätten die Chinesen da oben was am Laufen hätten es wenigstens die Russen gewusst.” Er wandte sich wieder dem russischen Offizier zu.

“Ich nehme an, Sie kamen mit der Zeit zu dem selben Schluss wie wir, was die Japaner anbelangt, richtig?!” Pavlov nickte zustimmend.

“Ok ich sehe es. Halt drauf Sergej!” Der Adlerkopf befand sich im dritten Durchlauf und war diesmal weitaus näher an der Station. Mit dem nächsten Umlauf würde er sich wieder entfernen um nach dem fünften schließlich nicht mehr zu sehen zu sein.

“Verdammt, das musst du dir ansehen!” Cabana nahm die Kamera, spähte durch das Objektiv und stellte den Zoom scharf. Der vordere Teil des Objektes sah einem Adlerkopf tatsächlich sehr ähnlich. Allerdings galt das nur für die äußere Form. Es fehlten markante Merkmale wie die Augen oder ein Übergang vom Kopf zum Schnabel und ähnliches. Dafür waren die übrigen Konturen sehr ausgeprägt. Das Objekt schien zwar wie aus einem Guss gemacht, war aber bei weitem nicht etwa homogen in seiner Form. Überall waren Erhebungen und Vertiefungen zu sehen. Röhrenartige Ausbuchtungen überzogen das Gebilde, die am Kopf begannen, um sich schließlich irgendwo an der Trennungslinie vom Hals zum Rumpf hin wieder zu verlieren. Für Cabana war indes das bei weitem interessanteste die vermeintlichen Triebwerke am Heck. Bei näherer Betrachtung sah er, dass es sich um zwei kurze, zylindrische Enden handelte. Es war nicht auszuschließen, dass es sich tatsächlich um Triebwerke oder Steuerdüsen handelte aber wenn man es genau betrachtete schienen diese Enden einem weiteren Zweck zu dienen.

“Könnten das so nicht wirklich so etwas wie Verbindungsstücke sein?”, fragte der Commander Krikalev. “Da, durchaus denkbar.” , antwortete ihm Sergej. Nach kurzem Zögern fügte er hinzu: “Aber...wenn das Verbindungsstücke sind. Wo ist dann der Rest?”

## Das Institut

Sophie war etwas niedergeschlagen. Trotz ihres kindlichen Frohmutes und der Aussicht auf eine große Käsepizza am Ende des Tages konnte sie einfach nicht anders als schlechte Laune zu haben. Immer wenn sie hier in diesem Raum war änderte sich ihre Stimmung schlagartig. Alles war so fremd und sie konnte die Männer in den schwarzen Anzügen nicht ausstehen, die sie hierher führten.

“Die machen immer so böse Gesichter!”, hatte sie ihrer Mutter einmal anvertraut. Aber was sie wirklich störte war der Raum in dem sie jetzt saß. Er sah ihrem Kinderzimmer nicht unähnlich. Es gab ein gepolstertes Sofa und jede Menge Spielsachen. Sogar ein Puppenhaus mit dazugehörigem Inventar stand in einer der Ecken. Bereit dafür, all die kindlichen Phantasien über Beziehungen zwischen Mann und Frau, Mutter und Kind und dem ganzen Drumherum auszuleben. Aber etwas stimmte nicht. Jedes Mal wenn sie hier war hatte sie das ungute Gefühl beobachtet zu werden.

So lange sie hier war gab es niemanden der irgendetwas von ihr wollte. Niemanden der zu ihr sprach oder ihr irgendwelche Fragen stellte. Aber sie wusste ganz genau, dass da jemand war und sie fürchtete sich vor dieser Präsenz. Es war wie mit den Monstern im Schrank. Nur dass sie irgendwie ahnte, dass das eine nur ihrer eigenen Phantasie entsprang, das andere aber durchaus real war.

Anfänglich hatte sie sich abgelenkt, indem sie irgend ein Spielzeug nahm und damit spielte. Ab und zu hatte sie sogar das Puppenhaus inspiziert und Gefallen daran gefunden. Aber nach dem dritten Aufenthalt hatte sie angefangen, sich still zu verhalten und alles genau zu beobachten. Sie wollte unbedingt wissen, wer sie beobachtete und was diese Person von ihr wollte. Aber es zeigte sich nie jemand.

Nach einer Weile fing sie an, sich mit dem Unbekannten zu unterhalten. Sie stellte ihm Fragen oder beschimpfte ihn, wenn sie zornig wurde. Doch nie antwortete ihr jemand. Bis sie eines Tages anfing, einfach über ihre Familie zu reden, weil sie nicht wusste, was sie sonst tun sollte. Sie redete über ihren Vater und wie gestresst er immer aussah, wenn er heimkam. Über ihre Mutter, die sie immer etwas zu sehr bemuddelte und über die gelegentlichen Streitereien zwischen ihren Eltern.

Anfangs ging das ganze ins leere. Sie plapperte einfach das heraus, was ihr in den Sinn kam ohne groß darüber nachzudenken. Doch als sie wieder Mal in dem Raum saß und ihren Gefühlen freien Lauf ließ geschah etwas merkwürdiges. Vor ihr, an dem kleinen Tisch an dem sie saß erschien ein Blatt Papier und ein Bleistift. Es war einfach plötzlich da und sie konnte nicht sagen, ob dieses Blatt Papier nicht schon vorher da gelegen hatte.

"Wie war es heute, Schatz?", fragte Elise. Nur mit Mühe konnte sie ihre Anspannung und die Neugier verbergen. Jedes Mal, wenn sie Sophie in diesem Institut ablieferte schnürte sich ihre Brust zu und sie stand Todesängste aus.

"Alles ok, Mum." antwortete Sophie. Sie saß am Küchentisch und malte. "Hatten die da wieder all die Spielsachen, die du so magst?", hakte ihre Mutter nach.

"Ja, wie immer.", antwortete Sophie etwas gelangweilt, ohne dabei von ihrer Zeichnung aufzublicken. "Aber die sind langweilig. Keiner ist da um mit mir zu spielen."

"Hat irgendjemand mit dir geredet?"

"Nein, Mum."

Elise stand vom Küchentisch auf und begann das Abendessen vorzubereiten. Während sie gerade Zwiebeln schnitt bemerkte Sophie plötzlich: "Ich sollte heute ein Bild malen. Aber das hat auch keinen Spaß gemacht. Ich durfte es nicht behalten und es waren auch keine Buntstifte da." Ihre Mutter drehte sich abrupt um. "Wie meinst du das, du solltest ein Bild malen? Hat dir das jemand gesagt?"

"Nein aber da war plötzlich ein Blatt Papier und ein Bleistift. Also hab ich was gemalt."

"Aber dich hat doch niemand dazu aufgefordert Sophie? Oder?"

"Nein aber...ach ich weiß auch nicht. Ich dachte ich soll was maln."

"Und was hast du gemalt?", fragte Elise wieder.

"Weiß nich mehr. Mum ich hab Hunger. Wann gibt's Essen?"

"Gleich Schatz. Wasch dir schon mal die Hände."

Elise trocknete sich die Hände an einem Wischtuch ab und ging hinüber zum Küchentisch um zu sehen, was Sophie gezeichnet hatte. Auf dem Bild waren fünfzackige Sterne zu sehen. Es waren vielleicht ein dutzend kleiner gelber Sterne, die wild über das Blatt verteilt waren. Manche sahen richtig gut gelungen aus, während andere etwas krumm geraten waren. In der Mitte des Bildes stachen zwei besonders große, eng bei einander liegende Exemplare heraus. Sie waren nicht nur besonders akkurat gezeichnet, im Gegensatz zu den anderen waren sie auch mit einem roten Buntstift ausgemalt, während alle anderen gelb schimmerten. Elise fragte sich, ob in diesem Bild eine tiefere Bedeutung lag, verwarf den Gedanken jedoch gleich wieder, als Sophie zurück in die Küche kam.

„Und das da plötzlich aus dem Nichts ein Blatt Papier lag kam ihr nicht komisch vor?" Jan war beunruhigt. Ihm ging es dabei nicht viel anders als Elise. Ihr Kind diesen Leuten zu überlassen schmeckte ihm überhaupt nicht. Man wusste nicht was dort vor sich ging oder ob man seinen  Sprössling am Ende des Abends überhaupt zurückbekam.

Bisher war es zu keinerlei Zwischenfällen gekommen, wie man hörte. Und es war auch bisher keines der Kinder einfach dort geblieben. Auch wenn es offiziell verboten war, tauschte man sich unter den betroffenen Eltern aus, so gut es eben ging. Den Berichten anderer Mütter und Väter zufolge war es bei den übrigen Kindern nicht anders. Man brachte sie jedes Mal in ein Zimmer voller Spielsachen und überließ sie quasi sich selbst.

Es war ein Lichtblick für Jan und Elise aber es fühlte sich an, als ob man mit dem Feuer spielte. Es war eine Chance und sie würden alles tun, damit Sophie sie wahrnehmen konnte.

## Die Konferenz

„Guten Abend meine Herren. Ich hoffe Sie werden mir verzeihen, wenn ich den formellen Part weglasse und gleich zum wesentlichen Teil dieser informellen Sondersitzung komme." Ein Jahr nach der Shuttle-Mission berief der Generalsekretär der Vereinten Nationen, Kofi Annan, ein geheimes Treffen der ständigen Mitglieder und einer handvoll nichtständiger Mitglieder des UN-Sicherheitsrats ein. Dieses Treffen hatte zum Ziel, eine gemeinsame Strategie im Umgang mit dem als Adlerkopf bezeichneten Objekt festzulegen.

Auch wenn die meisten Länder die Informationen, die ihre jeweiligen Geheimdienste über das unbekannte Objekt gesammelt hatten, anfangs nur ungern mit den übrigen Staaten teilen wollten sah man doch bald ein, dass eine Zusammenarbeit unvermeidbar war. Insbesondere dann, wenn es sich hierbei tatsächlich um ein künstliches Artefakt einer außerirdischen Zivilisation handelte. Sollte sich herausstellen, dass irgendeine Gefahr von dem Objekt ausging und man ein eigenes Raumfahrtprogramm ins Leben rufen musste, so wären selbst die größten Weltmächte nicht in der Lage gewesen, dies völlig allein zu stemmen.

Hinzu kam, dass man durchaus vom gegenseitigen Austausch der dazu notwendigen Technologien und Fachkräfte profitierte und ein einmal beschlossenes Projekt vergleichsweise zügig auf die Beine gestellt und umgesetzt werden konnte.

Das Treffen lief über mehrere Tage und war in drei Etappen gegliedert. An den ersten beiden Tagen gaben an die 30 Wissenschaftler von unterschiedlicher Herkunft ihre Theorien über den Adlerkopf zum besten. Sie repräsentierten wiederum die Ergebnisse, die ihre jeweiligen Arbeitsgruppen, bestehend aus Experten unterschiedlichster Fachgebiete, ausgearbeitet hatten.

Am dritten Tag würden Vertreter des Militär eine Gefahreneinschätzung vornehmen und mögliche Präventivschläge erörtern. An den letzten beiden Tagen würden die Gremien aller Länder schließlich versuchen, sich anhand der vorgebrachten Einschätzungen, Theorien und Fakten auf eine Richtlinie festzulegen und wenn möglich bereits einen groben Plan zu deren Umsetzung beschließen.

Nach der Analyse der Aufnahmen, die Krikalev und Cabana geschossen hatten war man sich in einem Punkt einig. Der Adlerkopf war mit ziemlicher Sicherheit künstlichen Ursprungs. Ab da gingen die Meinungen jedoch bald auseinander.

Einige vertraten die Ansicht, es handele sich um so etwas wie eine Zeitkapsel, ähnlich der Voyager Sonden, die eventuell eine Grußbotschaft und womöglich noch andere interessante Informationen ihrer Erbauer beinhaltete. Eine andere Gruppe vertrat eine ähnliche Ansicht, vermutete jedoch, dass es sich um eine Art Test handelte. Wenn man nur den richtigen Input gab, würde man vielleicht eine entsprechende Antwort erhalten. Wieder andere griffen den Aspekt der vermeintlichen Verbindungsstücke auf, um davon abgeleitete Spekulationen über Mutterschiffe, versteckte Raumbasen und ähnlichem anzustellen.

Ein deutsch-amerikanisches Wissenschaftler Team verblüffte die Zuhörer mit einer Theorie, die, im Gegensatz zu denen ihrer Kollegen nahezu alle bekannten Fakten mit einbezog.

„Wir halten die Ihnen bereits bekannten zylindrischen Auswüchse am unteren Teil des Objektes tatsächlich für so etwas wie Verbindungsstücke.“, begann der leitende Astrophysiker der Gruppe seine Rede. „Allerdings gehen wir im Gegensatz zu anderslautenden Theorien davon aus, dass es sich hierbei um eine noch aktive Sonde handelt. Lassen Sie mich dies kurz näher erläutern.“

Ihre Theorie besagte im wesentlichen, dass der Adlerkopf eine Sonde darstellte, die jedoch wiederum Teil eines größeren Objektes war. An dieser Stelle hörten die Überlegungen der Wissenschaftler jedoch nicht auf. Das größere Objekt, sozusagen das Mutterschiff, befand sich höchstwahrscheinlich am Rande des Sonnensystems.

„Wenn sie so wollen ähnelt das ganze einem System aus Relaisstationen. Wir glauben, dass der Adlerkopf eine Verbindung zu einer größeren Station am Rande des Kuipergürtels aufrecht erhält, die ihrerseits wiederum vielleicht mit einem zentralen Knotenpunkt in Verbindung steht, wo alle Daten zusammenlaufen. Wir wissen natürlich nicht über welche Antriebssysteme diese, ähm, *Anderen* verfügen aber es gibt sicherlich noch einen weiteren Grund dafür, dass das eigentliche Raumschiff so weit draußen parkt.“

„Sie sprechen davon als wenn sie längst sicher wüssten, dass diese Basis existiert.“, warf jemand ein.

„Ganz sicher wissen wir es natürlich nicht.“, beeilte sich der Astrophysiker richtig zu stellen. „Aber wir glauben, dass wir das, was unserem kleinen Adlerkopf quasi als Körper dient ausfindig gemacht haben.“ Ein leises Raunen ging durch den großen Sitzungssaal. Spätestens jetzt hatte der Mann hinter dem Rednerpult die Aufmerksamkeit aller Anwesenden.

„Bevor ich Ihnen unsere vorläufigen Ergebnisse in Bezug auf diesen Außenposten, wie wir ihn inzwischen nennen, mitteile, muss ich etwas ins Detail gehen, was das Auffinden seines Aufenthaltsort anbelangt.“

Die Theorie der Forschergruppe hatte durchaus etwas bestechendes. Wie inzwischen alle wussten befand sich der Adlerkopf in einer nahezu identischen Umlaufbahn um die Sonne, wie die Erde. Das allein war schon ungewöhnlich aber nicht unlogisch. In einer solchen Umlaufbahn konnte man die sich drehende Erde nahezu komplett sensorisch erfassen. Mit einem fortschrittlichen Antriebssystem war sogar ein Transit auf weiter außen liegende Planetenorbits, wie die des Mars relativ leicht zu bewerkstelligen. Die Wissenschaftler vermuteten gar, dass sich die Sonde über die äußeren Planeten ins Innere des Sonnensystems  fortbewegt und dabei jeden Himmelskörper direkt unter die Lupe genommen hatte.

„Etwas hat uns jedoch stutzig gemacht.“, fuhr der Astrophysiker fort. „Warum ist die Periode, also die Umlaufzeit des Adlerkopfes nicht mit der der Erde identisch? Natürlich wäre eine gewisse Differenz normal aber wir reden hier von rund 15 Tagen. Das mag jetzt nicht viel klingen aber irgendetwas daran kam uns merkwürdig vor.“

„Nehmen wir an, sie möchten mittels einer Sonde oder eines Raumschiffs ein fremdes Sonnensystem erkunden. Die Methode, sich erst auf eine Umlaufbahn um den Stern des Systems zu begeben, um dann Stück für Stück nach innen zu wandern ist so einfach wie genial. Dadurch, dass sie den Schwerpunkt, um den ihr Schiff kreist, in die Mitte des Sonnensystems verlagern, anstatt in den Orbit eines Planeten, müssen sie nicht unbedingt direkt gegen die Schwerkraftfelder der Planeten selbst ankämpfen um weiter zu ziehen. Was jedoch unlogisch erscheint, ist die verzögerte Umlaufzeit."

„Um eine optimale Beobachtung gewährleisten zu können würden sie ihre Periode mit der des Planeten möglichst genau abgleichen. Ansonsten würden sie irgendwann hinterherhinken oder müssten zusätzliche Energie aufwenden, um den Drift auszugleichen. Das ganze wollte uns absolut nicht schmecken und beschäftigte unser Team bestimmt eine Woche lang, bis ein junger Mitarbeiter unserer Gruppe einen Geistesblitz hatte. Er fragte sich, ob sich dahinter nicht ein praktischer Grund für das Übertragen von Informationen verbarg. Und den scheint es tatsächlich zu geben."

Erst jetzt begann der Redner, einem seiner Teamkollegen das Zeichen zur Verdunklung des Saals zu geben und ließ eine Grafik an die riesige Leinwand hinter seinem Rücken projizieren.

„Hier sehen sie, die Ihnen bereits vertraute, schematische Darstellung des Inneren Sonnensystems. Das hier ist die Erde und dicht daneben haben wir unsere Sonde."

Der Physiker rief die nächste Darstellung auf. Sie zeigte das gesamte Sonnensystem, mit der Sonne als großen, gelb schimmernden Punkt im Zentrum und den inneren sowie äußeren Planeten in ihren unterschiedlichen Größen und Farben, bis hin zu den Außenbereichen, wo sich der Pluto inmitten des Kuipergürtel befand.

„Wenn Sie innerhalb des Sonnensystems Informationen übertragen möchten, benötigen Sie quasi ein freies Feld. Wenn wir davon ausgehen, dass die Übertragung mittels Lichtwellen geschieht, ob nun als Radiowelle, als LASER-Signal oder meinetwegen auch über Mikrowellen, dann können wir diese Informationen nur weitersenden, wenn wir die Erde nicht im Weg haben.

Ein weiteres Bild zeigte die selbe Darstellung nur mit einem zusätzlichem, rotem Punkt etwas außerhalb des Asteroidengürtels. Zusätzlich war eine simple, pfeilförmige Gerade eingezeichnet. Sie führte von etwas unterhalb der schematischen Darstellung der Erde bis hin zu dem unbekannten Objekt weit außerhalb der Neptunbahn.

„Das, meine Damen und Herren ist der Grund dafür, dass sich die Sonde in einem Orbit um die Sonne befindet, der sich nicht mit dem der Erde deckt. Natürlich war es nicht einfach die genaue Position der vermeintlichen Basis zu finden. Aber ich möchte Sie an dieser Stelle nicht mit den Details langweilen. Jedenfalls fanden wir in den Datenbanken einer vorangegangenen, optischen Durchmusterung unseres Sonnensystems ein Objekt, das dem angenommenen Standort ziemlich gut entspricht. Und genau dort, jenseits des Kuipergürtel Gürtels befindet sich der Außenposten."

Keinen der Anwesenden überraschte die fast einhellige Meinung der Militärexperten, dass ein militärischer Präventivschlag gegen das Objekt oder „den Fremdkörper", wie der Adlerkopf mittlerweile in Militärkreisen genannt wurde, die beste derzeitige Option darstellte. Allerdings war es eine Sache, eine militärische Operation auf der Erdoberfläche durchzuführen. Ganz anders verhielt es sich im Weltraum. Man hatte den erdnahen Orbit bisher fast ausschließlich für die gegenseitige Spionage genutzt. Von funktionierenden Waffensystemen, gleich welcher Art war man indes noch weit entfernt. Daher plädierten die Militärs für einen gezielten Atomschlag, quasi die einzig wirklich zuverlässige Waffe, die ihnen zur Verfügung stand.

Auch wenn die Umsetzung schwierig werden würde war es durchaus machbar. Doch nicht zuletzt aufgrund der neuen Erkenntnisse, dass es womöglich eine Art Außenposten der Aliens im Sonnensystem gab entschieden sich die Gremien der meisten Länder ziemlich schnell gegen ein solches Vorgehen. Der Grund hierfür war simpel. Man würde de facto nichts gewinnen, wenn man den Adlerkopf einfach aus dem Orbit bomben würde, wenn das überhaupt gelänge. Im Gegenteil. Sollte die Verbindung zur Außenstation abbrechen könnte das eventuell eine gewisse Reaktion hervorrufen und natürlich konnte kein Mensch sagen, wie diese aussehen würde.

Die Menschheit musste sich eingestehen, dass sie rein gar nichts tun konnte als das Objekt weiterhin zu studieren und die Daten zu Interpretieren, in der Hoffnung eines Tages hinter das Geheimnis des Adlerkopfes zu kommen und damit vielleicht auch hinter die Motive, die dessen Erbauer umtrieben.

Man entsendete zunächst eine eigens für diesen Zweck entwickelte Sonde, die zwei Jahre nach der Konferenz fertig gestellt und vom Weltraumhafen in Baikonur aus startete. Zu diesem Zeitpunkt hatte sich der Adlerkopf bereits wieder um etwa anderthalb Millionen Kilometer von der Erde entfernt. Es war von daher eines der letztmöglichen Startfenster, innerhalb dessen die Mission noch finanzierbar war. Ein bemanntes Rendezvous war parallel geplant. Seine Realisation hing davon ab, was die Erkundungssonde in Erfahrung bringen würde.

Doch die Sonde kam nicht mal in die Nähe des Adlerkopfes. Auf der Hälfte der Strecke traten plötzlich Störsignale auf, die zu immer stärkeren Bildverzerrungen führten. Kurz darauf versagten ihre Systeme schließlich komplett. Alle Versuche, den Bordcomputer zu einem Neustart zu verhelfen schlugen fehl. Nach Analyse der bis dahin gesammelten Daten schien es, als wäre ein sehr starkes Magnetfeld dafür verantwortlich gewesen.

Im erdnahen Orbit hatte es keinerlei Anzeichen einer solchen Aktivität gegeben, die vom Adlerkopf ausging. Man vermutete daher, dass sich die außerirdische Sonde auf eine bevorstehende Signalübermittlung an den Außenposten vorbereitete und im Zuge dessen zum Leben erwacht war. Für eine bemannte Mission lagen nun zu wenig Fakten vor, um deren Erfolg zu sichern. Man würde weitere fünf Jahre warten müssen, bis sich die Sonde wieder in Erdnähe befand.

Dazu kam es jedoch nie, denn circa ein Jahr später verlor man den Adlerkopf aus den Augen. Es schien als hätte die schwarze Leere des Raums ihn verschluckt. Man hoffte, ihn wieder aufspüren zu können, sobald die Erde ihn das nächste Mal eingeholt hatte doch ohne Erfolg.

Inzwischen hatten weltweit wichtige Ereignisse stattgefunden und das Interesse an der verschwundenen, außerirdischen Sonde begann zu schwinden. Amerika bereitete sich auf einen Krieg im Irak vor, China begann langsam die Kehrseite seines rapiden wirtschaftlichen Wachstum zu spüren und weltweit rüstete man sich für den Kampf gegen den Terrorismus.

## Der Sternentanz

Etwa 3.000 Lichtjahre früher begann sich ein kosmisches Ereignis gigantischen Ausmaßes anzubahnen. In einem Doppelsternsystem, das schon drei Milliarden Jahre älter war als die Sonne kollidierten zwei Neutronensterne miteinander, nachdem sie sich bereits hunderttausende von Jahren, wie in einem engen Tanz langsam einander angenähert hatten. In Bruchteilen einer Sekunde verschmolzen sie zu einer einzigen Masse. Durch den Drehimpuls erzeugte die dabei rotierende Materie für einen winzigen Augenblick ein Spiralsystem aus glühend heißem Plasma. Das ganze dauerte nur einen Wimpernschlag und ein entfernter Beobachter hätte sich wahrscheinlich gefragt, ob er sich diesen kurzen Anblick nicht nur eingebildet hätte.

Als nächstes stürzte die Materie auf den Massenschwerpunkt ein. Unter dem Gewicht der eigenen Gravitation sackte das Sternenpaar weiter in sich zusammen und gebar ein schwarzes Loch. Im gleichen Augenblick spuckte dieses zwei sich entgegengesetzte Jets aus energiereichen Lichtteilchen aus, die für kurze Zeit heller leuchteten als die gesamten sichtbaren Sterne im Universum zusammen. Wie Fontänen purer Energie schossen die beiden eng gebündelten Strahlen in die Weiten des Alls, wobei einer der beiden, einer Taschenlampe gleich, auf die Erde gerichtet war.

## Der Götterfunke

Jan holte Sophie vom Institut ab. Seit dem Tag, an dem ihr urplötzlich ein Stift und ein Blatt Papier erschienen war hatte sich nichts bedeutendes ereignet. Woche für Woche schickten sie Sophie dorthin und es gab niemanden, der ihnen sagen konnte, ob sie sich für das Programm würde qualifizieren können. Und langsam rann ihnen die Zeit unter den Fingern weg.

Nach dem Abendessen setzte sich Elise mit ernster Miene an den Küchentisch. „Was hast du?“, fragte Jan sie.

„Ich...glaubst du, dass wir das richtige tun?“ Sie schien mit einem Mal sehr unsicher zu sein.

„Ja. Ja, das glaube ich.“, bestätigte er ihr.

„Wie kannst du dir da so sicher sein?“, empörte sich Elise in einem plötzlichen Aufwallen ihrer Gefühle.

„Was haben wir denn für Alternativen Elise? Sie tief in der Erde vergraben? Sie zu einer dieser Sekten geben, die glauben, bloß weil sie einen charismatischen Guru als Anführer haben blieben sie verschont? Sag’s mir! Was?!“ Jan verstand sie aber sie hatten sich nach nächtelangen Diskussionen dazu entschieden, diesen Schritt zu gehen. Für eine wirkliche Alternative war es längst zu spät.

„Verdammt Jan! Ich weiß es auch nicht! Aber diese...diese Leute. Ich traue denen nicht. Willst du unser Kind wirklich diesem Glücksspiel überlassen?“ Elise fing an zu schluchzen.

Jan legte seinen Arm um sie. „Hey! Ist ja gut. Ich verstehe dich doch! Wenn es eine andere Möglichkeit gäbe würde ich sie ohne zu zögern ergreifen.“

„Aber..es ist ihre letzte Chance.“, sagter er.

„Und wenn sie nicht ausgewählt wird? Was dann?“

„Sie wird es, Schatz! Sie wird es!“

Sophie wurde bald darauf öfter ins Institut bestellt. Erstmals war sie in Gesellschaft anderer Kinder ihren Alters. Meist waren es Gruppen von nicht mehr als vier bis fünf Kindern. Immer in durchmischter Form, mit Jungen und Mädchen. Die Gruppen wechselten häufig, was Sophie etwas traurig stimmte, denn hatte sie sich erst einmal mit einer der Mädchen angefreundet, sah sie sie meist eine Weile nicht wieder.

Erstmals konnten sich auch Jan und Elise langsam einen Reim auf die Art und Weise der Auswahl machen. Die Kinder waren meist nur ein bis zwei Jahre älter als ihre Tochter, seltener jünger.

„Es macht Sinn.“, fand Jan. „Die Kinder müssen noch vor ihrer pubertären Phase stehen, dürfen aber nicht noch zu jung sein um einen plötzlichen Trennungsschmerz besser bewältigen zu können.“

Elise sagte nichts sondern starrte nur gedankenverloren auf ihren Tee. Jan begann behutsam ihren Arm zu streicheln. „Ich meine damit nur, dass es ein gutes Zeichen ist und ich denke, die wissen was sie tun.“

„Ich wünschte ich könnte dir glauben.“, erwiderte sie ihm und strich sich eine Träne vom Gesicht.

Etwa ein viertel Jahr später mussten sich beide Elternteile endgültig entscheiden. Sophie würde in das Programm aufgenommen werden, würde fortan an in der Obhut des Instituts leben und dürfte ihre Eltern nur noch zwei Mal in der Woche sehen. Man gab ihnen zu verstehen, dass die Kinder in dieser Zeit auch darauf vorbereitet werden würden, von nun an ohne ihre

Eltern leben zu müssen, weshalb dies auch das Thema sein sollte, über das man sich bei den zweistündigen Besuchen unterhalten sollte. Es überraschte keinen, dass man sich kaum daran hielt.

„Ist ganz ok hier.“, meinte Sophie etwas lapidar. Sie saßen in einem der Besucherräume und versuchten ihre Tochter möglichst behutsam auszuquetschen.

„Du hast doch alles was du brauchst Sophie, oder? Sind sie nett zu dir? Haben sie dir irgendwas getan?“ Elise konnte nicht anders. Sie sehnte sich nach einem Rettungsanker. Irgendetwas das sie davon überzeugen könnte, dass ihre Tochter in guten Händen war.

„Ist ok, Mum.!“, wiederholte Sophie nur.

„Hast du Freunde gefunden?“, fragte ihr Vater und drängte sich damit gewissermaßen ins Wort, um Elise zuvor zukommen.

„Ja.“ Sophie wirkte etwas launisch.

Jan sah zu Elise, die seinen Blick wissend erwiderte. Sophie malte mit ihren Buntstiften Kreise auf ein Blatt Papier und schien etwas abwesend. Nach einer kurzen Weile fragte sie unvermittelt: „Warum könnt ihr nicht mitkommen? Ist doch bestimmt genug Platz.“

„Komm her.“, Jan umarmte Sophie. Elise stürzte zu den beiden hinüber und brach in Tränen aus.

Ein halbes Jahr später geschah es dann. Fünf Jahre lang hatte sich die Menschheit auf ihr bevorstehendes Schicksal vorbereitet. Fünf Jahre der Analysen, Diskussionen und Spekulationen über die Auswirkungen des kosmischen Ereignisses, das ihre Welt bald unbewohnbar machen würde. Fünf Jahre in denen Selbstmorde und Chaos an der Tagesordnung waren. Aber auch fünf Jahre der Hoffnung für diejenigen, denen es geglückt war, ein Platz in einer der wenigen, unterirdischen Bunkeranlagen zu ergattern und für die, die auf eine bessere Zukunft ihrer Kinder hoffen konnten.

Jan und Elise hatten ihre Tochter seit einer Woche nicht mehr gesehen. Die fremden Raumschiffe waren gestartet und ins Unbekannte geflogen. Alles was ihnen blieb war die Hoffnung, dass ihrem Kind ein besseres Schicksal zuteil würde als ihnen selbst.

Die meisten Menschen versammelten sich auf den großen Plätzen ihrer Städte oder suchten die Zuflucht in die Zweisamkeit um dem letzten Tag beizuwohnen. Es war schon dunkel und der Himmel auf den Jan und Elise blickten war wolkenfrei. Sie standen auf einem baumbewachsenen Hügel in der Nähe ihres Hauses.

Plötzlich erstrahlte ein heller Stern. Wie aus dem nichts erschien er zwischen altbekannten Sternbildern. Die Intensität seiner Leuchtkraft nahm schlagartig zu, bis er das ganze Firmament überstrahlte und für einen Augenblick war es taghell. Aber es war kein angenehmes Licht. Nicht das Licht der wärmenden Sonne, die ihre Mittagsstrahlen auf die Erde schickte. In diesem Licht erschienen alle Konturen seltsam scharf und abgehakt. Es war als würden alle Objekte, einschließlich der Menschen um einen herum ihr gesamtes Spektrum reflektieren.

Im nächsten Moment erlosch der Stern und es schien, als habe die Nacht wieder die Oberhand gewonnen. Dann jedoch geschah etwas merkwürdiges. Es wurde mit einem Mal kälter und die Atmosphäre begann von oben herab zu glühen. Das Atmen fiel plötzlich schwerer, die Lungen brannten.

Jan sah noch, wie sich ihm die Sterne in einer nie dagewesenen Klarheit präsentierten. Kurz darauf verlor das Bewusstsein.

## Prolog

Sophie rannte dem kleinen Tier nach, das Ähnlichkeit mit einem Erdhörnchen hatte. Sie verfolgte es bis an den Rand der unsichtbaren Trennwand. Der kleine Nager lief ungehindert weiter und verschwand schon bald im Dickicht des fast kniehohen, schwarz-braunen Gras. Sie ging langsam weiter und spürte einen wachsenden aber nicht unangenehmen Druck, der umso stärker wurde, je mehr sie sich nach vorn bewegte und sie sanft zurück presste. Am Himmel zog eine fast orangefarbene Sonne ihre Bahn und strahlte ein angenehmes, warmes Licht aus, während ihr kleiner Begleiter als rötlicher Punkt etwas abseits von ihr zu sehen war.

Der Planet hatte nichts mit der Heimatwelt der Bewahrer gemein. Dafür war er der Erde sehr ähnlich und sein Hauptstern würde noch einige Milliarden Jahre stabil bleiben. „Bewahrer", das war der Name, unter denen sich die außerirdischen Wesen der Menschheit zu erkennen gegeben hatte. Es war gewissermaßen die beste Übersetzung dessen, was ihre Ziele ausmachte. Es war eine alte Rasse, die den Tod ihrer eigenen Sonne bereits miterlebt hatte.

Das Objekt, das die Menschen den Adlerkopf getauft hatten war Teil einer größeren Struktur, die sich außerhalb des Sonnensystems befand und von einer künstlichen Intelligenz betrieben wurde. Überall in der Peripherie der Milchstraße waren diese Objekte verteilt und sammelten Informationen der verschiedensten Sonnensysteme und deren Lebewesen.

Die Bewahrer griffen selten in die Entwicklung einer Spezies ein. Auch im Falle der Menschheit hatte man deren Entwicklung über Jahrtausende hinweg beobachtet. Sie wussten, dass auf die Verschmelzung der beiden Neutronensterne, die sich in etwa 3.000 Lichtjahren Entfernung von der Erde befunden hatten ein sogenannter Gammablitz folgen würde. Sie wussten auch, dass dieser Strahl aus hochenergetischen Partikeln mit hoher Wahrscheinlichkeit die Erde treffen würde. Nach langen Beratungen entschied man sich jedoch, wie dies schon oft in ihrer langen Geschichte bei anderen

Spezies der Fall gewesen war, dagegen, die Menschheit im großen Stil vor ihrem Schicksal zu bewahren. Die natürliche Entwicklung des Kosmos war ihnen heilig und die Evakuierung eines ganzen Planeten mit zu vielen Unbekannten behaftet.

Auch wenn die Galaxis groß war, die Folgen einer frühzeitigen Begegnung der Menschen mit einer anderen Spezies konnten verheerend sein, für beide Seiten.

Die Bewahrer schätzten das Leben in all seinen Formen jedoch mindestens genauso, wie ihnen die Natur der Dinge selbst ein Heiligtum war. Aus diesem Grund hatte man entschieden, einige tausend Menschenkinder zu retten und auf einen erdähnlichen Planeten auszusetzen, wo sie ein neues Leben begannen.

Mit großer Trauer beobachteten sie die Zerstörung einer ganzen Biosphäre mitsamt ihren Tieren, unzähligen Pflanzenarten und nicht zuletzt dem Menschen selbst. Doch mit einer gewissen Erleichterung stellten sie zugleich auch fest, dass es eine handvoll Überlebender geben würde. Geschützt in tief unter der Erde angelegten Bunkeranlagen würden sie ein oder zwei Generationen lang überwintern bis sie vielleicht eine Chance bekommen würden, die Oberfläche erneut zu erobern. Und sie würden die Hoffnung in sich tragen, ihre fernen Geschwister eines Tages wieder zu treffen.